O ENIGMA DO APOCALIPSE

WALBER SANTOS

O ENÍGMA DO APOCALIPSE

Copyright © 2024 Walber Santos
Todos os direitos reservados.

Os personagens e eventos retratados neste livro são fictícios.
Qualquer semelhança com pessoas reais, vivas ou mortas,
é mera coincidência e não é intencional do autor.

Nenhuma parte deste livro pode ser reproduzida ou armazenada
em um sistema de recuperação, ou transmitida de qualquer forma
ou por qualquer meio, eletrônico, mecânico, fotocópia, gravação
ou outro, sem permissão expressa por escrito do editor.

ISBN-13: 979-8-8760-4506-5

Capa: Walber Santos
Library of Congress Control Number: 2018675309

LIVRO 1 - A PEDRA GÊNESIS

O ENÍGMA DO APOCALIPSE

ÍNDICE

Agradecimentos   7

Prólogo   9

Capítulo 1 – Sinais   12

Capítulo 2 – A Caixa   22

Capítulo 3 – Mundo Zrabhor   32

Capítulo 4 – Batalha de Elmirus   46

Capítulo 5 – A Incursão   55

Epílogo   65

O ENÍGMA DO APOCALIPSE

AGRADECIMENTOS

A Deus!

A todos que um dia acreditaram em meu trabalho e que sempre me apoiaram. Em especial Dona Raimunda, minha mãe, Seu Santos, meu pai. E a Jéssica Alves, minha companheira.

PRÓLOGO

Terra, 2026.
Madrugada de segunda-feira, 14 de setembro.

Tudo corria absolutamente normal na nova realidade dos humanos: adaptar-se ao fato de que o planeta está perdendo sua gravidade. No ritmo que está indo, segundo especialistas, a previsão é que em poucos anos ela chegue ao mesmo nível da gravidade da lua. Memes do assunto, nas redes sociais, divertem alienados na grande blogosfera. Mas isso é muito grave. O fenômeno intriga toda a comunidade científica. E é o que vai resultar na extinção da Terra, alertaram.

Mais uma semana iniciando. As correrias cotidianas de idas e vindas nos milhares de aeroportos, estações de trem, restaurantes, lanchonetes, novas vidas chegando e outras partindo do plano terreno. Folhas caem, mas não como antes, ficam horas flutuando até chegarem ao chão... enfim. Tudo girando relativamente normal. Mesmo com a nova condição, o planeta segue ligado no automático, como um gigantesco organismo vivo.

Mas o que estava prestes a acontecer, poderíamos chamar de um prelúdio do apocalipse bíblico? Não sabemos.

- Pra onde vamos, após a morte? - filosofou Sara, mesmo consciente de que não obteria resposta. E o fato de não ter nenhuma, a faz lembrar um dos vários porquês de sua descrença em uma alguma divindade, cristã ou não. Desde que se lembra, sempre foi ateia.

E ali continuou em pé, ao lado do caixão de seu pai, Coronel Guayi, como era conhecido. Ficou por mais um tempo e saiu em seguida no mais absoluto silêncio. Queria fumar. Precisava disso. Aproveitou e se serviu de uma xícara de café.

Cauan Guayi, nasceu em Sobral em 1950. Tinha 76 anos. Neto dos povos originários da localidade Tremembé de Queimadas, em Acaraú. Coronel aposentado, serviu a Aeronáutica Brasileira. Criou sozinho, Sandra e Sara, após a morte de sua esposa, há dezoito anos.

As lágrimas já secaram no rosto de Sara. Mas isso não significava um conformismo com a situação, mas uma aceitação momentânea do fato da sua inexplicável partida repentina.

Alguns parentes distantes e amigos presentes conversavam baixo sobre situações engraçadas que dividiram com o falecido. Riam discretos, tentando amenizar a dor.

- Não entendo essa tradição de ficar horas ao lado de um cadáver. - Pensou.

- Mas é meu pai, poxa! Custa ser um pouco mais complacente? - gritou em pensamentos. A reclamação era pra ela mesma e sua frieza.

Sandra seguia adormecida no quarto. Derrotada pelo cansaço.

- Deveria ter vindo aqui mais vezes enquanto ele estava entre a gente. - Cobrou-se.

Já sentada em uma cadeira de balanço no alpendre, tomou mais um gole de café enquanto tragava o que ainda lhe restava de um cigarro. Sara olhou contemplando a beleza de um pasto esverdeado à sua frente. Era um terreno loteado que fica do outro lado da rua com pavimentação em pedra tosca. O céu está limpo, com poucas nuvens.

Observou com estranheza:

- O sol já está alto e radiante para o horário, ainda são 4h43 da manhã. - disse, olhando para a hora no relógio do seu smartphone. Lembrou dos estranhos fenômenos que tem aparecido nos últimos dias. - Será se tem ligação?

Outra coisa chamou-lhe atenção na tela: cinco mensagens de Rodrigo, seu namorado. A última havia chegado a uns 15 minutos atrás. Não visualizou e nem pretende responder agora. Quem sabe outro momento. Sentia-se cansada. Cansada da vida, desse relacionamento, de tudo. Nada pessoal. Tinha um enorme sentimento de respeito por ele.

A noitada no velório tinha lhe sugado as forças. Não conseguia dormir a dias.

No momento em que colocava o celular ao lugar onde estava, viu na tela o reflexo do céu e o sol "se apagando". A sua primeira sensação foi de ser um eclipse solar lunar.

O rápido "clarão" em sua vista, vindo do sol, através do reflexo na tela, a fez de súbito, soltar o aparelho ao mesmo tempo em que fechava os olhos.

Levantou a cabeça e, abrindo-os aos poucos, congelou extasiada, incrédula no que via à sua frente.

Em segundos, o dia virou noite. Uma enorme estrutura metálica incandescente vinda do céu crescia de forma assustadora em sua direção.

Era a Estação Espacial Internacional que, sem vida, entrara na atmosfera da Terra e despencava em bolas de fogo vertiginosamente em solo sobralense.

Era o começo do fim.

Capítulo 1 - SINAIS

Parte I
Noite de sábado, dois dias antes.

    Sara decidiu sair um pouco, pegou as chaves de seu carro penduradas no chaveiro para ir até o centro da cidade. Pretendia também comprar mais cigarros. O movimento na rua estava tipicamente de um sábado à noite, bares, restaurantes, pizzarias e hamburguerias atendendo sua clientela habitual. Avistou alguns amigos, acenou educadamente, mas não parou seu veículo, deu seguimento ao seu objetivo: aquisição de mais nicotina.
    Chegando na praça central, estacionou seu carro e dirigiu-se a um supermercado de esquina.

    - Oi gatinha! Uma carteira do Dunhill, por favor.
    A atendente prontamente já foi pegando os cigarros enquanto respondia sorridente:
    - Boa noite Sara! Anda sumida mulher...
    - Pois é, Clarinha, sabe como é né? Sou muito caseira... E você, como está?
    - Estou bem, graças a Deus! E tu ainda fumando criatura? Te livra disso, 'fia' de Deus! - pediu Clara, enquanto entregava o produto. - Vai ser no débito, crédito ou Pix?
    - Pix.
    - Certo. Fica 13 reais.

- Sei que é triste falar isso, mas é quem tem sido meu apoio, meu prazer ultimamente. - respondeu Sara, referindo-se ao vício, apontando a câmera do celular pro monitor que exibia o QR code.

- Você sabe que pode contar sempre comigo né? E, principalmente, com Jesus.

- Com você? Não tenho dúvidas disso. Já com esse outro aí... Tchau, querida. Um prazer revê-la. - disse já saindo. Ainda ouviu Clara dizer:

- Ele não desistiu de você. Se cuide, minha amiga.

As duas foram inseparáveis por tempos no colegial. Curtiram juntas todo o período da adolescência e um pouco da juventude. Ao se formarem no ensino médio, seguiram destinos diferentes. Clara, hoje casada e mãe de dois filhos. Sara, formada em astronomia, atualmente professora de biologia em uma escola do ensino fundamental, contratada pela prefeitura local. "Não por muito tempo", fala pra si, sempre que olha a vida que leva.

Atualmente está morando em Amontada, interior do Ceará, a pouco mais de 175km de Fortaleza. Mudou-se no início do ano, para assumir o cargo que o seu pai conseguiu.

Sentou-se um pouco no banco da praça da Igreja matriz, para curtir a brisa. Fazia um frio já costumeiro de setembro.

Enquanto acendia um cigarro, destinou a mergulhar-se em seus pensamentos, no mesmo instante em que olhava para o céu.

- Clara fora criada em uma família religiosa, isso explica sua fé inabalável. - Pensou. - Já eu - continuou ela, absorta - criada por uma mãe abusiva, narcisista. E um pai, descendente dos povos originários, na área de Tremembé de Queimadas, no Acaraú, e que tinham como prática o xamanismo e que nem sei o que é isso, mas não vem ao caso. O que importa é que foi um pai ausente na minha infância. Sofri muito nas mãos daquela mulher. A única coisa boa que ela deixou pra mim foi minha irmã.

Duas mensagens que chegam em seu smartphone tiram sua atenção das estrelas e de seus pensamentos. Eram de Rodrigo.

Deu de ombros, ainda estava chateada com ele após o último encontro.

Voltando-se ao céu percebera uma luz estranha, diferente do habitual, na "estrela da EEI", como carinhosamente a apelidou.

Em seguida várias luzes piscaram próximas a ela, como se fossem outras "estrelas" e de repente calmaria.

- Que estranho! - disse baixo.

Pegou o celular para ver se via algo a respeito. Em tempos de internet, tudo se tornou instantâneo, mas não encontrou nada relacionado. Porém descobriu, para sua surpresa, que há projetos para desativá-la e trazê-la para a terra, com previsão para 2031.

A EEI orbita a Terra desde o início de sua construção, em 1988.

"Talvez você consiga observar cerca de 400 toneladas de metal rasgando o céu. Será um espetáculo incandescente, devido ao atrito com a atmosfera terrestre. E a queda será no mar, com destroços caindo sobre uma área que pode ter milhares de quilômetros de extensão.

Será o fim de um dos maiores projetos da humanidade: a Estação Espacial Internacional (EEI)." dizia a reportagem.

De repente, as luzes dos postes piscam várias vezes até que dá um curto e a energia cai.

A cidade se afunda em uma escuridão, até que os olhos se acostumam à luz da lua.

Sara, com o rosto aceso pelo brilho da tela de seu celular, viu que estava sem dados móveis.

Não demorou muito para a luz voltar. Conforme os postes iam acendendo na rua, já dava pra ver umas movimentações e gritarias há alguns metros dali.

- Meu Deus, alguém me ajude, socorro!!

As súplicas vinham de uma senhora desesperada diante de seu filho caído ao chão. Desfalecido.

A ambulância não demorou muito para chegar e prestar os primeiros socorros. Mas já era tarde. O rapaz, de uns catorze anos mais ou menos, estava morto.

Sara, que acompanhava tudo à distância, retornou ao seu carro. A imagem da posição em que o garoto foi encontrado, um pouco antes de sua mãe mexer nele e cair pro lado sem vida, não sai da sua cabeça.

Estava prostrado de joelhos, com as mãos em oração, curvado a ponto de a cabeça ficar próximo as suas coxas. - Bizarro! - pensou.

No smartphone, tocou mais um bip. Era a terceira mensagem de Rodrigo. Em seguida vibrou e começou a tocar. Era uma chamada.

- Ah, Rodrigo, cara... - reclamou ela pegando o celular. Mas não era ele. Era Sandra, sua irmã, aos prantos informando de seu pai. Foi encontrado no chão da sala, já sem vida.

- Foi horrível Sara... ele... ele estava de joelhos, como se estivesse rezando... - disse Sandra, entre soluços. - Chamei por ele, quando encostei a mão nele... caiu de lado... - não conseguia continuar, a voz engasgada.

- Tô saindo agora! Se acalme! Já chego aí. - disse Sara, tentando ser forte.

Desligou o celular, ligou o carro e partiu em direção a Sobral, cidade a 240km de distância da capital, onde nasceu e viveu até os dezesseis anos, metade de sua vida.

No caminho, suas memórias eram um turbilhão de imagens com seu pai. Lembranças já esquecidas no tempo foram desbloqueadas.

A relação entre os dois não era boa, mas ela o amava. Tudo isso ao mesmo em que lembra a estranha forma que ele foi encontrado, a mesma do garoto na rua.

Parte II
7 de setembro de 2026. 17h48.

Uma semana antes do fim.
Final de tarde de segunda-feira, em seu quarto, Sandra estava arrumando a câmera para iniciar mais uma "live" em sua página no Instagram, quando foi surpreendida por Timbha, seu gato laranja de 13 anos, pulando na mesa, sobre o notebook e já se deitando.

- Olá meu amor!! Buchulôco, lindôzim - falando com Timbha, acarinhando sua cabeça e lombo. - Tu, é muito fofo cara, mas deixa a mamãe trabalhar, meu gostoso. - pediu, enquanto pegava e o colocava no chão.
Ele, sentou-se onde ela o colocou, olhou pra ela, banhou-se com umas lambidas onde ela tocou, olhou novamente com desdém, e saiu do quarto.
- Te amo, seu vagabundo pilantra. - disse sorrindo. Em seguida, voltou ao trabalho.

No seu último vídeo, postado hoje pela manhã, no Dia da Independência do país, Jandaia - personagem que ela criou - falou um pouco mais sobre a história dos Tremembé:

"Oi, gente, sou a Jandaia, e hoje, 7 de setembro, vamos falar de História. Mas a história de meus ancestrais: Os Tremembé.
Tremembé é um povo étnico indígena que habita aqui no Brasil. '(...) se alimentavam ordinariamente de peixes, porém, iam a caça, não gostavam de fazer hortas (agricultura) nem casas; moravam sob choupanas e preferiam as planícies às florestas. (...)' descreveu o Pe. Ivo d'Evreuz acerca da destreza dos Tremembé no uso do arco e flecha e de sua força física colossal.

Atualmente vivem na área indígena Tremembé de Almofala, em Itarema, e as terras indígenas São José e Buriti, lá em Itapipoca, Córrego do João Pereira, também no Itarema e Acaraú e Tremembé de Queimadas, em Acaraú, no litoral do Ceará. Tremembé de Queimadas é a terra indígena onde meu pai nasceu.

Também estão presentes em cidades do Maranhão como, Araioses e Tutóia, após migrações de terras cearenses.

O vocábulo Tremembé é oriundo da expressão Tupi "tere-membé" que pode significar "tumultuário, amotinado" ou "encharcado, alagadiço" em alusão aos lugares onde o povo Tremembé costumava habitar que geralmente eram compostos por brejos e pantanais na beira-mar. É isso aí, pessoal. Espero que tenham gostado. Até o próximo vídeo. Obrigada por assistirem, não se esqueçam de dar aquele "like" esperto e compartilhar para mais pessoas aprenderem sobre os povos originários. A fonte das informações de hoje é do site Wikipédia. Aadjuma!!!"

O assunto principal da "live" era que ela pretendia lançar um enigma, sugestão do seu pai Cauan. Desde criança brincavam em desvendar quebra-cabeças, charadas, enigmas que seu pai criava. Foi uma forma que ele encontrou para ficarem mais próximos. E, como não podia ser diferente, criou mais este que ela ia apresentar a seus seguidores.

- Pronto! - disse, dando uma última conferida na "make" do rosto, e na sua imagem que aparecia na tela do notebook. - Tudo ok! Vamos começar:

- Oi gente, boa noite!! Tudo bem com vocês? - falou ao mesmo tempo que olha para a câmera e a tela do note. - Vamos aguardar mais um pouco... pra gente começar, tá bem? Deixa ver quem já chegou por aqui.... oi, Laaariii... Andréé... Saraaa, minha irmã linda... Hugoo você veio... uhuuu.... obrigada gente, todos vocês, por apoiarem meu trabalho...

Sandra começou ler alguns comentários em voz alta:

- Amei seu vídeo de hoje! Parabéns, Jandaia!

- Ah, obrigada Rafael. Você é um amor.

- O que significa aquela última palavra que você falou? - perguntou outro.

- Paulo, obrigada pela pergunta. Bom, 'aadjuma' é o mesmo que tchau, em Guarani. Tem o sentido de 'eu estou indo'...

Ironicamente, ao terminar a frase, faltou energia elétrica, e a internet caiu cortando a "live". Antes que ela falasse, de repente, tudo que estava em seu quarto e a própria Sandra, foram jogados pra cima e pra frente, de um solavanco abrupto. Como que se todo o quarto estivesse em um carro em alta velocidade e o motorista tivesse freado repentinamente. Sandra se viu, ainda que por um breve instante e pouca iluminação, flutuando a quase um metro do chão. Seus móveis e objetos, como algumas peças de roupas, celular, notebook ainda ligado, livros, enfim... dançavam à sua frente em movimentos leves como em um balé clássico.

Dez segundos mais ou menos foi o que isso durou, até que todos caíssem ao chão de uma vez. E a luz volta.

Sandra demorou um pouco a se situar, tentando entender, sentia-se tonta. Levantando-se aos poucos percebeu-se leve, como se estivesse "pulando" dentro d'água. Olhou ao seu redor a bagunça que ficou o quarto após este estranho acontecimento. Tratou de procurar seu celular. Ao encontrá-lo pegou e em seguida saiu do quarto.

Toda a casa revirada, móveis e objetos.

- Pai!? Paaaiêê!! - gritou, procurando Seu Cauan.

- Timbha... Zuzuq... Buchulôco? - gritou chamando pelos vários apelidos que deu ao seu gatinho.

Não os encontrou. Ouviu passos, movimentos vindos de fora. Foi até a janela e viu o Seu Cauan saindo no carro. Teve a impressão de ter visto o Timbha com ele.

- Que estranho... pra onde ele está indo? O que está acontecendo, meu Deus?

Sandra, voltou sua atenção para dentro de casa. Sentia o coração acelerado. Estava nervosa. Pensou logo em ligar pra ele, não completava. Ligou para a Sara e só chama. Ligou novamente. A mão tremia. Foi até o sofá, tirou um quadro que estava em cima e sentou-se. Nada de Sara atender. Avistou o controle do tv, no chão, ao lado de seu pé esquerdo.

- Bora, atende 'mirmã' de Deus! - implorou, enquanto pegava o controle e já apontado para ligar. Sem sinal. Estava sem internet.

Olhou o roteador, fixo na parede, luz vermelha.

- Fixo na parede! - observou. - A tv, intacta, fixa na parede. O armário da cozinha, fixo...

O telefone toca. Era Sara. Pegou rapidamente o aparelho para atender:

- Sandrinha?

- Oi, oi Sara, aconteceu uma coisa louca aqui em casa, tô sozinha, o pai saiu não sei pra onde, tá tudo virado, uma bagunça...

- Calma meu amor, você tá bem? - interpelou Sara. - Aconteceu aqui também. Na verdade, em todo o planeta. Se acalme. Beba uma água.

E pra onde foi o pai?

- Não sei. E como assim isso aconteceu em todo o mundo, Sara? Você tá com internet aí?

- Voltou agora a pouco. Vi no noticiário que o que aconteceu foi que a Terra parou de girar por alguns segundos e que ficou com a gravidade alterada depois desse estranho fenômeno. Nunca ouvi falar que um dia isso poderia acontecer.

- Agora tudo faz sentido. - disse Sandra.

- O quê? - indagou Sara.

- Um momento.

Ao voltar ao quarto, em meio a bagunça, encontrou o papel da charada que seu pai deixara.

- Mas..., mas... como ele sabia?

Em voz alta, Sandra leu para Sara o que estava escrito:

"Se paro de girar, me autodestruo. Quem sou?"

Capítulo 2 - A CAIXA

Parte I
7 de setembro de 2026. 18h57.

Sara saiu da ligação com a Sandra intrigada com a charada do pai. - Foi quase uma premonição. - falou em pensamentos. Enquanto reorganizava algumas coisas da casa, ligou novamente a TV no noticiário:

"...cientistas de todo o mundo permanecem intrigados. '... a Terra parou de girar, todas as coisas que se encontravam nas proximidades da linha do Equador percorreram um movimento retilíneo nas direções tangenciais à superfície da Terra, com velocidade de até 1600 km/h. Fiquem tranquilos, pois apesar de muito grande, essa velocidade não seria suficiente para lançar-nos no espaço, uma vez que a velocidade de escape, ou seja, a menor velocidade que um corpo deve ser lançado de modo a sair da órbita terrestre, é de 40.320 km/h.' O Planeta se encontra neste momento... "

O telefone toca novamente tirando sua atenção do noticiário, era Sandra.

- Oi amor, o pai já voltou?

- Sara, você pode vir aqui agora? Não consigo falar com ele. Organizando aqui as coisas, encontrei uma espécie de caixa. Tem uma trava com código. Nunca vi ela antes.

- Típico do Seu Coronel Guayi. - disse em tom irônico. - Tem certeza que preciso mesmo ir? Tenho que dar aula amanhã pela manhã.

- Por favor... estou com medo...

- Tudo bem, querida, já, já chego aí. Beijão.

Sara desligou o aparelho de tv, pegou as chaves do carro e seguiu viagem rumo à Sobral.

Neste momento, a alguns quilômetros dali o Coronel Guayi chegava ao seu destino: Tremembé de Queimadas. Uma localidade que fica em Acaraú, 110km de Sobral. Há anos não vinha por estas áreas.

Parou o carro. Ficou pensativo ainda com as mãos no volante. Uma voz pequena e suavemente nervosa, disse:

- O que você acha? Chegou a hora? -

A voz vinha do banco da frente do carro.

Era de Timbha, gato druida de Zathíria, no Mundo Zrabhor, a milhares de anos-luz de nossa galáxia. Chegou na vida de Sandra há 13 anos, trazido por Cauan.

- Já começaram os sinais. Não temos mais tempo, Timbha. Infelizmente a profecia do sagrado vai se cumprir.

Os dois ficaram mudos, o clima estava tenso.

Vamos meu velho amigo! - chamou Cauan, abrindo a porta do carro e saindo em direção a aldeia. Timbha fez o mesmo.

Após as saudações iniciais do reencontro com os povos locais, a dupla dirigiu-se para falar com a Xamã Xainã.

- Eu já esperava. Fui avisada por Tupã.

- Estamos prontos. - responderam em um só tom. Xainã olhou para Timbha e não sentiu firmeza em sua resposta.

- Timbha, você é o ser mais importante de nossa missão. Está nas suas mãos!
- Se você acha que me deixou mais calmo...

Xainã e o Coronel Guayi riram.

- Venham! Vamos começar. Vou preparar o ritual de conjuração do portal.

Em uma pequena tigela de barro misturou umas ervas, pétalas secas de rosas brancas e alguns óleos naturais, enquanto pronunciava palavras em tupi antigo, resultando em um produto pastoso de tom musgo.

Em seguida desenhou na parede, com esta pasta recém-criada, em movimentos circulares girando o braço várias vezes.

A língua em que ela proferia em todo o ritual, o tupi antigo, Coronel Guayi conhecia poucas palavras. Mas deu pra entender que ela chama por Teiú-iaguá, o deus das cavernas, grutas e lagos na mitologia guarani.

- A mim concedido o poder de abrir portais, invoco ao espírito das cavernas, o deus Teiú-iaguá, o primeiro dos sete filhos de Tau e Kerana, que se abra o Portal da Pedra da Vida...
- Enquanto ela falava, abriu-se uma fenda de luz intensa no interior da área circular desenhada com a pasta, de onde também saía rajadas de ventos.

Não demorou muito até os ventos cessaram e a luz diminuir a força e se espalhar, ficando apenas no contorno, onde tinha a pasta.

O portal estava aberto. Do outro lado, via-se uma gruta, tinha pouca luz.

- Passem rápido, ele não ficará aberto por muito tempo.
- Você não vem? - quis saber Timbha.
- Vão na frente, vou em seguida. Preciso resolver uma coisa aqui antes.

E entraram no portal adentro.

Parte II

Eram quase oito da noite quando o carro de Sara passou pelo famoso arco do triunfo sobralense, monumento construído em 1953.

De Amontada até Sobral a viagem leva em torno de uma hora, de carro. Ela tirou em quarenta. Pretendia estar de volta em sua casa antes das dez horas.

Dali até a casa de Sandra levaria mais uns quinze minutos, aponta o GPS do carro. Moravam mais distante do centro da cidade, já na zona rural.

Porém, aquele não era um dia normal, o que pode acarretar atrasos.

Devido ao que acontecera no início da noite, o trânsito estava caótico. Havia umas pessoas aglomeradas, seguravam cartazes com frases que enunciavam que o fim está próximo, outros pediam socorro a extraterrestres... - Os humanos são patéticos. - Riu sozinha no carro.

Buzinas, reclamações do trânsito, sirenes de ambulâncias, corpo de bombeiros... Muitos carros na via contrária, estavam deixando a cidade...

- Vocês estão assistindo filmes de ficção demais. - Pensou com ironia, enquanto dirigia a 10km/h.

- Se eu estivesse indo a pé já teria chegado.

Enquanto aguardava o sinal abrir, ordenou:

- Ligar para Sandra Irmã! - imediatamente o sistema do carro conectou ao celular e efetuou a chamada. Ela atendeu.

- Amor, já estou aqui em Sobral. Perto da estação. É que estou presa no trânsito.

- Tá bem. Você jantou alguma coisa?

- Ainda não, mas não se preocupe, minha linda.

- Chegar aqui você come. Beijos.
- Tá bem. Um "chêro"!

Assim que desligaram, outra vez a energia cai e a área fica iluminada somente pelos faróis dos carros. Ouviu-se algumas pessoas soltando o grito típico do cearense quando caiu a energia.

- Algumas tradições não mudam - disse, às gargalhadas, no interior de seu carro.

Alguns minutos depois, a energia volta. A internet não. A queda da energia foi em todo o planeta. Uma tempestade solar atingiu a Terra, atingindo toda a nossa tecnologia, deixando também a internet fora do ar. Não se sabe por quanto tempo.

A uma certa altura da avenida Min. César Carls, ela entra à direita, em uma estradinha de terra. Até que chegou ao seu destino, parando o carro em frente à casa, Sandra a esperava na porta.

- Sandrinha, não querendo ser chata, mas já, já preciso voltar! - apressou ela, ainda saindo do carro.
- Tudo bem, mas venha, entre. Fiz uma tapioca com coco pra você, do jeitinho que gosta. - falou Sandra, ao mesmo tempo que abraçava a irmã.

As duas entraram e foram direto para a cozinha.

- Já arrumou a casa, que bom. E o pai nada de chegar? - indagou Sara, sentando-se à mesa.

Enquanto isso Sandra colocava as xícaras, a garrafa de café, o queijo coalho e as tapiocas e manteiga sobre a mesa, e então respondeu:

- Nenhum sinal. E que loucura é essa que tá acontecendo no mundo, né?
- Tinha uma multidão de gente lá no arco do triunfo. Povo louco. Alienados. Sempre as mesmas reações, falando em fim do mundo... isso aqui lá vai acabar.
- Mas parece coisa de fim de mundo mesmo.
- Besteira, Sandra. Tudo besteira.

Sandra serviu leite e café nas duas xícaras e Sara fatiava o queijo pra colocar na tapioca levemente queimada de um lado.

As duas saciaram a fome relembrando momentos do passado. Riam descontraídas, felizes. Há anos não se viam pessoalmente. Por um instante esqueceram dos últimos acontecimentos no planeta.

Não imaginam o que ainda vai acontecer nos próximos dias, nem que suas vidas mudarão para sempre.

Após a refeição, Sandra tinha ido no quarto, Sara ficou na sala, sentada no sofá, ligou a televisão, mas estava sem sinal. Foi quando percebeu que ainda estão sem internet. Olhou a hora no celular. 21h18.

- Sandrinha, amor, já vou indo. - Avisou em um tom mais elevado, para que ela escutasse. Nesse ínterim, Sandra chegava com uma pequena caixa de madeira.

- Calma 'fia' de Deus! Olha isso que encontrei! - falou ao sentar-se e mostrar a caixa.

O objeto tinha um formato retangular, com vários arabescos entalhados na tampa, arestas e cantos em aço. Uma trava que exigia um código de quatro dígitos para abrir.

- Encontrou onde isso?

- Quando fui reorganizar a casa, decidi começar por um quarto velho, lá nos fundos do quintal, que o pai guarda umas quinquilharias. Pois é, estava lá.

- É sério que ainda existe este quarto? E você já foi logo pra ele? Podendo ter deixado para amanhã, sua louca.

- Sei lá o que me deu... enfim. Não aguento de curiosidade, vamos tentar abrir? Como nos velhos tempos.

- Só se for pro pai matar a gente. Ele não gosta que a gente mexa nas coisas dele, tu num já sabe disso.

- Lembra do enigma que o pai pediu pra lançar na "live"? - Sandra levanta-se, vai até o rack e pega um papel. Era o da charada.

- Sim. O que tem ele?

- Então, lembrei que ele costumava dizer que podem ter códigos escondidos...

- ... em enigmas simples. - Completou Sara.

- Pois é, mas acho que ele deixou uma mensagem embutida pra nós. Acho que ele sabe de alguma coisa.

- A charada... o evento da Terra parar de girar...

- Exato! É muita coincidência...

Nesse momento, um carro se aproxima da casa e estaciona no lado do carro da Sara. Era o Coronel Guayi.

As duas se entreolharam com um sorriso discreto, ao mesmo tempo em que Sandra esconde a misteriosa caixa sob a almofada do sofá.

Porém, ao ver ir Cauan abrir a porta da garagem para guardar o carro, ela aproveitou para levar a caixa até seu quarto.

- E nada de ter internet, aff! - reclamou Sara, desconversando.

Cauan entra em casa juntamente com Timbha, Sandra voltava do quarto. Correu até o encontro deles. Já pegando no colo o seu gatinho, disse:

- Vem cá meu lindão fofucho. Vocês querem me matar do coração? Pra onde vocês foram hein, 'véi' Cauan Guayi? Você não tem mais idade pra fazer essas maluquices. Não saia mais sem avisar, criatura de Deus!

Sara vendo a Sandra brigando como se fosse a mãe deles, achou a cena hilária, não resistiu e soltou uma risada.

- Olá Sara! Como você está? Feliz pela sua visita. Como está em Amontada?

- Oi pai. Tô na luta de sempre, e lá tá daquele jeito que você já sabe. E, pra onde vocês foram, "homi"? Estávamos preocupadas.

- Tive que resolver umas coisas urgentes. No momento certo falo pra vocês.

- Quanto mistério!! - interpelou Sara com ar de riso, e completou:

- Bom, tenho que ir. Amanhã tenho aula no primeiro horário.

- Tá cedo, minha filha. Por que não deixa pra ir amanhã? Dorme hoje aqui.

- É Sara, dorme aqui. - pediu Sandra. Sara entendeu que neste pedido dela tinha uma segunda intenção: abrir a caixa. Sua curiosidade de ver o que tem nela a fez decidir:

- Então tá. Mas, saio antes do sol raiar. Tomo café em casa antes de ir pro trampo.

- Êêbaa! - Sandra soltou um grito de alegria, assustou o Timbha que pulou de seus braços e saiu correndo pela casa.

Todos riram da cena.

- Tadinho. Vem cá meu bebê lindo. - Chamou Sandra.

Todos se recolheram aos seus quartos. O relógio antigo da parede marcava 22h31.

Sandra arrumou a cama de Timbha, colocou água e ração novas. Armou uma rede pra ela e cedeu a cama para Sara.

- Eu durmo na rede mesmo, Sandra.

- Bora, vai dormir aí sim. E fim de papo! - ordenou em tom de riso. - Mas antes, você sabe né?

- É claro. Também tô muito curiosa. Vamos logo abrir. O nível desse enigma é fácil. Vai ser rápido. - Exaltou-se Sara.

- Também acho. O pai nos treinou muito bem. - Concordou Sandra.

- E a gente nem se acha, né! - ironizou Sara.

As duas soltaram uma gargalhada, mas logo se contiveram para não acordar o coronel. Timbha olha com desdém, em seguida voltando ao seu asseio que fazia nas patas.

Sandra colocou a caixa sobre a cama.

- É um código de quatro dígitos apenas.

- Por onde começamos? Não teve uma dica, ou pista, nada...

- Pra começo de conversa, não era nem pra gente estar com essa caixa aqui. - Ponderou Sandra, segurando o riso. Sara também se conteve e riu baixo.

As duas deram um grito contido do susto que levaram. Era Timbha que pulou na cama, no meio delas, sentou-se sobre a caixa e começou a se lamber na lateral do seu tórax.

- Tô vendo que vai demorar demais, bora deixar para amanhã? - pediu.

- Vamos tentar com a charada? Se não der, vamos dormir, eu prometo!

Sandra pegou o Timbha carinhosamente e o colocou na cama dele.

- Vá dormir vá, meu Buchulôco. Hora de mimi.

Retornando sua atenção à caixa, Sandra pegou o papel e leu:

- "Se paro de girar, me autodestruo. Quem sou?"

- Precisamos de quatro números.

- Vamos cortar as letras repetidas da frase - sugeriu Sandra, indo pelo modo de decodificação mais básico.

Após riscar, restaram na frase, as letras: "P G I Q"

- Quatro letras! Uhuu! - comemorou Sandra. - A interrogação não conta.

Sara contou em qual posição no alfabeto cada letra está.

- Convertendo em números, temos: 16, 7, 9, 17. - Os que são dois dígitos a gente soma, e fica: 7, 7, 9 e 8. - Anotou Sandra. - Pronto! Tenta aí.

Sara pegou a caixa e posicionou cada número, no dispositivo da tranca. Nada. Não abriu.

- Tava fácil demais. - Lamentou Sandra.

- Ok. Vamos dormir. Noutro dia tentamos.

- Tá bom, então. - Lamentou Sandra.

Pegou a caixa e a guardou na última gaveta da cômoda, cuidadosamente para não fazer barulho.

Antes de deitar-se, foi ao banheiro. Nesse momento, Sara já se aconchegava na cama.

Ao retornar, Sandra apagou a luz e se deitou na rede, que balançou um pouco fazendo ranger o armador.

- Boa noite, mana! Obrigada por ter vindo. Te amo.
- Boa noite, amor. Também te amo. - respondeu Sara.

Timbha miou manhoso.

- Boa noite pra você também meu bebê.

O silêncio imperou na casa por uns instantes.

Mas como num estalo, Sandra abriu os olhos de repente. No minuto seguinte acendeu a luz.

- Desculpa, mas é que esquecemos de um detalhe.

Sara abriu os olhos sonolenta.

- O que foi?
- Não tentamos com a resposta. Terra, tem cinco letras, mas uma repete.
- Verdade. Bem observado.
- Vamos? Diz que sim.
- Ôxe, mas é claro! Cuida.

Sandra pegou novamente a caixa, enquanto Sara já verificava os números.

- T E R A... seria 20, 5, 18, 1. Ou seja: 2, 5, 9, 1. - disse em voz alta enquanto anotava.

Sandra não perdeu tempo e já foi ativando os números equivalentes do dispositivo.

Ouviu-se um clique. Enfim, a caixa estava aberta.

As duas comemoraram o sucesso. Mas sem falar nada, apenas movimentos aleatórios dos braços pra cima, para não acordar o pai.

Levantaram a tampa com cuidado. Dentro tinha apenas uma fita Mini DV de 8mm. Estava anotado na caixa:

"Pedra Gênesis - Sara"

Capítulo 3 - MUNDO ZRABHOR

Parte I
14 de setembro de 2026.

... em segundos, o dia virou noite. Uma enorme estrutura metálica incandescente vinda do céu crescia de forma assustadora em sua direção.

Era a Estação Espacial Internacional que, sem vida, entrara na atmosfera da Terra e despencava vertiginosamente em solo sobralense, mais precisamente a poucos metros da casa do coronel.

A explosão causada gerou ondas de pressão no entorno, empurrando pra longe de seu epicentro com uma força descomunal tudo e todos que estavam próximos.

Alguns minutos depois, Sara retoma os sentidos. As imagens turvas à sua frente iam voltando ao foco ao mesmo tempo em que sua audição retorna.

- Sandra! - chamou, levantando-se. Estava a uns dez metros de distância. Foi em direção a casa, só pensava na irmã.

- Sandra! - chamou novamente, sem obter resposta.

A velha casa de fazenda onde moravam mantinha o seu estilo colonial, e na sua última reforma - no ano anterior - a deixou com seu interior mais moderno, mas ainda não tinha sido forrada. Partes do teto do alpendre e da casa estavam destelhadas.

Sandra adentrou o alpendre, sentiu um aperto no peito ao ver a cena: o caixão virado, caído ao chão, e o corpo de Cauan encontrava-se a uns metros de distância.

Parte dos convidados que estavam para o último adeus ao coronel encontravam-se desacordadas em meio aos cacos de telhas e fragmentos da EEI, outros soltavam gemidos de dor enquanto se recuperavam da tragédia.

- Sara... argh... aqui...

Uma voz vinda de dentro da casa. Era de Sandra. Sara foi até o quarto, ela estava sentada na cama, tinha um corte na testa que estava sangrando.

Pedaços de telhas espalhados pelo piso e em cima da cama. Ao lado, um pedaço de fuselagem da EEI no chão rachado pelo impacto.

- Calma Sandrinha. Vai dar tudo certo. - Tentou tranquilizar, embora ciente que por dentro ela mesma não está.

- Cadê o Timbha? Cadê meu gatinho...

Sirenes de ambulâncias e do corpo de bombeiros avisaram suas chegadas.

Durante todo o dia a queda foi assunto em todo o mundo. Notícias e 'fake News' se espalharam na internet feito rastilho de pólvora.

Canais de TV fazem a cobertura:

"Outras partes da EEI caíram como bolas de fogo em diversas áreas num raio de 100 quilômetros, atingindo cidades, áreas rurais e costa cearense. Até o momento não sabemos a real causa da queda da Estação Espacial Internacional, e nem o tamanho do prejuízo.

Os dois aviões atingidos pelos destroços da estação, também caíram em chamas, não deixando sobreviventes.

O número total de vítimas fatais chega a 515 e 808 feridos, até o momento. Voltamos aos estúdios..."

Sandra preferiu se desligar da internet, colocando o celular na mesinha ao lado.

- Chega desse assunto, não aguento mais.

Virou-se mudando de posição na cama de hospital, onde foi devidamente medicada, alguns pontos na testa e curativos. Estava impaciente aguardando alta.

Lembrou de seu pai e não se conteve caindo em lágrimas.

- Não pude me despedir de você, meu velho. - Lamenta em soluços.

A alguns quilômetros dali, Sara espera o sinal abrir. Eram quase 21h, horário previsto da alta da irmã no hospital.

- Ê, ê, Seu Cauan, que loucura foi essa que aconteceu justamente no dia de seu adeus, hein? - pensou, enquanto tamborilava com os polegares sobre o volante do carro.

- Me desculpe por não seguir o ritual funerário tradicional de seus ancestrais, meu pai. Merecia também um enterro digno de quem serviu por tantos anos a FAB.

A imagem de Timbha, ao lado do túmulo, veio à sua mente.

- Se despedindo de um velho amigo, né?

Um miado curto e triste foi a resposta que teve. Sara cuidou de todos os procedimentos necessários para o funeral.

O sinal abriu, e seguiu o objetivo.

Vendo um céu limpo pelo para-brisa, com estrelas brilhantes, lembrou de quando viu aquelas luzes estranhas piscando próximo da EEI, no sábado. - Terá alguma ligação? - indagou.

Parando em mais um sinal, a poucos metros do hospital, lembrou de ligar para Sandra.

Antes mesmo de pegar o aparelho teve uma nova queda de energia, porém retornou no minuto seguinte. Os semáforos ficaram em pane, piscando as três cores aleatoriamente.

Sem conseguir fazer a ligação, percebeu que estava sem internet, e a operadora sem sinal.

Os carros parados decidiram seguir seus destinos sem esperar a sinalização normalizar. Sara fez o mesmo. Dirigiu mais cem metros para fazer o retorno.

Já na outra via da avenida, pouco antes de chegar na rua que dá acesso a entrada do estacionamento do hospital, Sara viu algo estranho no céu tomar forma.

Um enorme portal abriu-se, feito um buraco negro e, de dentro dele, uma colossal nave surgiu encobrindo o céu. Várias naves menores saiam dela como um exame de abelhas. Se espalhando em várias direções. Uma delas chegou próximo do hospital soltando um enorme feixe de luz que explodiu o local, dizimando tudo ao redor.

Tudo isso aconteceu em questão de segundos, o suficiente para tirar a atenção de Sara do trânsito que acabou batendo no carro da frente. Ela saiu do carro desesperada. Mas tudo estava normal. Nada de explosões, nada no céu, além de uma linda lua e estrelas.

- Você está louca? - gritou o motorista da frente já saindo do carro. Sara permaneceu parada sem entender.

- Desculpe-me moço. Me distraí. Está tudo bem com você? Eu... eu pago o conserto, tá? Me passe seu contato.

Sara, após transferir mais que o valor para cobrir os danos causados, seguiu em direção ao hospital.

O relógio na parede da recepção marcava 21h10.

- Boa noite! Vim pegar minha irmã, acho que ela já deve estar de alta.

- O nome dela.

- Sandra Guayi...

- Ah, a influencer? Já tá de alta sim. Deve estar esperando você na outra entrada do hospital.

Na ala sul. Você pode pegar esse corredor à esquerda, seguir nele até o final. Dobra à esquerda novamente, e pronto. É lá.

- Tá bem. Obrigada!

Sara saiu seguindo as orientações da recepcionista.

- Que mulher chata, mal-educada. Nem pra dar um boa noite. - Esbravejou em pensamento.

- Saara! Vamos, me tire daqui.

- Venha Sandra. Por aqui, estacionei o carro do outro lado.

Já no estacionamento, Sandra percebeu o para-choque.

- O que aconteceu minha irmã?

- Entre. É uma longa história.

Sara deu partida no carro e seguiram caminho rumo de volta pra casa.

No caminho, o silêncio imperava. Sara vendo Sandra distraída, olhando pra fora do carro pro lado oposto ao dela, entendeu que ela não queria conversar.

A poucos metros de chegarem em casa, ainda na avenida Min. César Carls, Sara estava focada na estrada, quando avistou de repente no céu, acima da linha do horizonte, um enorme portal se abrindo, feito um buraco negro e, de dentro dele, uma colossal nave surgiu encobrindo o céu.

Imediatamente freou o carro abruptamente. Sandra quase bate a cabeça no painel, se não fosse o cinto de segurança.

- O que foi? O que aconteceu?

Sara não respondeu nada. Apenas saiu do carro e ficou em pé, olhando o objeto no céu, lembrando que sua visão mais cedo foi exatamente igual.

Nesse momento, no quartinho que fica no fundo do quintal da casa do coronel Guayi, uma forte luz azulada acende.

Era Timbha conjurando um portal de regresso, precisava retornar ao seu planeta.

O destino da Terra estava prestes a mudar.

Parte II
Breve Introdução à Zrabhor

O planeta Zrabhor é dividido em cinco continentes: ELRINDAR, a terra do elfos. ELMIRUS, o lar dos anões-gigantes. ZIK-ANDUS, o reino dos seres elementais Empirah. MENKOR, dos trolls, a área mais sombria. E por fim, BORADHOR, outrora lar de dragões, agora dominada pela Facção Superiah, também conhecida por destruidora de mundos.

General Drakaus é o Lorde-supremo de Superiah. Conseguiu fazer de Darkmör, o deus da morte, o seu maior lacaio, e como recompensa ele o torna imortal. Uma criatura insana, sedenta por poder.

Conseguiu expandir seu território dominando Menkor, dos trolls.

Aqui, em Zrabhor, existem uma lua e dois sóis. E a contagem do tempo é da seguinte forma: 1 ciclo lunar - a rotação horizontal que a Lua faz no planeta- equivale a um ano na Terra. O ciclo solar 1 - rotação vertical do primeiro sol (que tem uma menor intensidade) - igual a um dia. Já o ciclo solar 2 - a rotação diagonal que o segundo Sol faz (este é mais intenso) - é igual a um mês. E a Era - são dez anos da Terra. A cada Era o Sol e a Lua se cruzam ocorrendo a Eklípcia.

O mundo de Zrabhor vive uma guerra pelo domínio do planeta há pelo menos cinco Eras. Os zrabhorianos das terras de Elrindar e Elmirus resistem aos ataques do general e sua facção.

Zik-Andus, o lar dos Empirah, é o único continente do planeta que ainda não se envolveu na guerra. Ainda.

Elrindar, a resistência

O continente é o mais belo de toda Zrabhor, considerada o cartão-postal deste mundo distante da Terra em 150 bilhões de anos-luz. Onde vivem três classes de elfos: Elfmoo, Elfsoo e Melfs.
É também o maior continente e o mais seguro, protegido por magia élfica. Está dividido em quatro territórios:

- Zaathal - a capital, onde fica o Governo sob o comando da Alta-sacerdotisa Telindra. É a área dos Melfs - os elfos-rubi.

- Mookar - região dos Elfmoo e dos Elfsoo, elfos-elementais capazes de absorver os poderes de sóis (Elfsoo) e de luas (Elfmoo).
Durante a Eklípcia, evento natural onde as entidades divinas sol e lua se tornam uma só, ambos atingem o ápice de seu poder.

- Zathíria - área dos druidas-guardiões. Seres místicos aliados há milhares de Eras aos elfos. Onde vive a família de Timbha.

- Morzoh - pequena região desértica nas limitações entre Mookar e Zathíria, onde fica o grande portal élfico, único acesso a Floresta-Eterna - a fonte infinita dos cristais de poderes elementais que abastecem a magia de Elrindar. E é de lá que também se extrai o cristal mais raro e poderoso: a Zrabotita. Sendo este um dos principais motivos dos ataques do General Drakaus ao continente.

LIVRO 1 - A PEDRA GÊNESIS

Reino dos Anões-gigantes Elmirus

Elmirus, é uma área rica em metais como o ósmio, o titânio e o aço maraging, e também em minérios, principalmente a elmarita - um mineral de coloração azul-esverdeada com poderes altamente curativos.

Esta região onde se instalaram os Anões já foi dos elfos de Elrindar, mas cederam para eles em troca de apoio na guerra para proteger Zrabhor da facção Superiah.

Como agradecimento, os Anões forneceram além de fortes guerreiros, habilidosos forjadores, mineradores e sua tecnologia avançada trazida de seu mundo Gartíria.

Em seu planeta eram a menor raça que existiam em estatura física, mas devido sua altura média de dois metros passaram a ser chamados em seu novo lar de Anões-gigantes.

Elmirus entrou nessa guerra também por motivos pessoais, pois foram forçados a deixar seu planeta-natal, no qual também foi destruído pelo General.

LIVRO 1 - A PEDRA GÊNESIS

Parte III
Chamado à ação

A ala dos três portais, em Zathíria, fica na praça bem na frente da estalagem Gato Preto da Dona Buh.

De repente, o portal do espaço-tempo foi reativado. Era Timbha que retornava ao seu lar após uma Era e três ciclos lunares na Terra.

Dona Buh, ao ver Timbha sair do portal, deixou tudo o que estava fazendo e correu ao seu encontro.

- Meu filho, que saudade de você. - disse enquanto o abraçava. - Como foi a missão na Terra? Pela sua cara, nada bem.

- Oi mãe! - disse retribuindo o abraço. - E como está por aqui?

- Estamos em um cessar-fogo que já dura um ciclo solar.

- Não temos muito tempo. Precisamos derrubá-lo antes que ele destrua mais um planeta inocente. Uma nave da facção chegou à Terra. Não podemos deixar que se aposse da Pedra Gênesis. Tenho que avisar a Alta-Sacerdotisa Telindra.

- Vá, e que a deusa Sohriel te guie!

Timbha, como um típico gato-druida saiu correndo como se fosse pra pegar impulso, deu um salto no ar e transformou-se em uma águia. Voou em direção a Zaathal.

Não muito longe dali, no porto a oeste de Zathíria, alguém está à espreita, aguardando o momento certo para agir. Era Gathul, o irmão adotivo de Timbha, um rato ladino sempre sorrateiro, estava usando de sua habilidade furtiva para praticar mais uma espoliação.

- Mas não posso. É... é errado, eu sei. Mas... é maior que eu. É do meu instinto. - Pensou. E seguiu o plano.

Gathul
*Rato Ladino
e mago nível 3
na escola
de magia*

A vítima, um portuário que estava amarrando as espias de uma embarcação no píer, deixou de fácil acesso uma velha sacola de couro surrada pelo tempo.

- Deve ter algo que preste aqui dentro. - disse pra si, enquanto remexia no interior do acessório.

- Ei! - gritou o jovem elfo, dono da sacola, indo em direção ao ladino.

Do susto, o larápio saiu correndo sem olhar pra trás e adentrou em um buraco entre as pedras de costeira.

- Você de novo Gathul!! Ratos... - resmungou, conferindo a bolsa.

A alguns metros do píer, numa área mais segura, Gathul saiu de dentro de um velho baú de madeira, metade dele soterrada na areia da praia. No seu interior nada mais do que algumas pequenas pedras, mais areia e o buraco de onde ele saiu. Fechou a tampa. Era uma de suas passagens secretas. Olhou ao redor conferindo se não tinha ninguém, em seguida olhou para o que ele tinha na mão. Foi o que conseguiu levar: um adorno de pescoço feito de pedra e conchas. Nada de valor.

- Que vergonha! - iniciou um monólogo. - Quantas vezes a família do Timbha já me disse que eu não preciso fazer isso! - disse pesando-lhe a consciência.

Neste momento ele levantou a cabeça e viu, voando próximo do grande portal que fica no Deserto de Morzoh, uma águia.

- Timbha!? - chamou, sem sucesso. - É ele com certeza! Se ele veio antes do previsto, é porque aconteceu algo. Muito grave. - Afirmou.

Gathul continuou acompanhando-o até onde a vista alcançava.

- Está indo até o governo! - observou. - E eu não perco isso por nada nesse mundo!

Sua ação seguinte foi pegar seu cajado de madeira ainda nível 3 da escola de magia, que estava nas costas, pegou um cristal na bolsa e com a outra mão fez uns movimentos enquanto conjurava em voz baixa uma magia de transporte. E em segundos, desintegrou-se na beira da praia.

Em Mookar, a maga Solunnia e sua irmã, a feiticeira Alunyah, ouviam o chamado da Alta-sacerdotisa Telindra, transmitida por Owl-Na, a coruja-mensageiro, projetada em uma imagem holográfica em tamanho real:
- Minhas amigas, é chegada a hora: preciso que venham agora até a Torre-central". O holograma se fechou.
Prontamente atenderam seguindo em direção ao governo, em Zaathal. A coruja seguiu outro rumo.

Raycah, a única meio-bot de Zrabhor, estava na taverna O Trípede Púrpura - localizada nas proximidades do castelo do governo - quando recebeu de Owl-Na a convocação de Telindra.
- Seu pedido é uma ordem, minha alta-sacerdotisa! - disse já subindo em sua montaria, um lobo-guará gigante cinza com uma armadura que dava a ele a possibilidade de voar. Um presente da tecnologia dos Anões-gigantes.

De Elmirus dava pra ver a Grande Luz vindo da Torre-Central que fica em Elrindar. Era o sinal. Kir-Abuk, o comandante dos Anões-gigantes, deu a ordem aos seus:
- Preparem-se! Acabou o cessar-fogo. Atacaremos de surpresa Boradhor! O General pagará pelo que ele nos fez e pelo que ele quer fazer em nosso novo lar! Por Gartíria!
- Por Gartíria! – o grito veio uníssono de uma tropa de mil soldados à sua frente, prontos para a batalha.

Neste momento, em Boradhor, uma nova horda de r-Bots e mechaorcs seguem em destino a Elmirus.

Capítulo 4 – BATALHA DE ELMIRUS

Parte I
Menkor dos Trols

No continente mais sombrio de Zrabhor abriga, na área leste, o grande vulcão adormecido N'drock, uma cordilheira ao sul. A oeste, o Pântano dos Lamentos. Ao Norte a aldeia de trols. E, por fim, no centro, as Minas Titânicas.

Historicamente os trols de Zrabhor são seres conhecidos por pouca inteligência, mas se destacam por seu domínio em uma tecnologia avançada, com a exploração e uso do metal titânico muito abundante em Menkor.

E os megaorcs encontrados somente em Menkor, vagando pelo Pântano dos Lamentos, são seres de uma força bruta descomunal e com estatura de seis metros em média.

Se tornaram presas fáceis de capturar por serem lentos e sem inteligência.

A mais nova criação dos trols são os Mechaorcs. Resultado da combinação de um simbionte à base de metal titânico - altamente resistente - com um megaorc.

Num passado não muito distante.

O Chefe-trol Gudorr, ao tomar conhecimento de um certo general - com poder sobre o deus da Morte - que dominou e estava construindo sua base em Boradhor, terra dos dragões, tratou de aliar-se com ele e oferecer lealdade, força bruta dos trols e toda a sua tecnologia em armaduras, armamentos e super soldados r-Bots. Em troca ele daria ao líder dos trols a imortalidade. O General não viu dificuldade em pagar a sua parte no trato, entretanto já conhece a fama de que os trols não são confiáveis e então por garantia aplicou-lhe uma condição:

- Prove-se leal a mim até eu dominar este mundo e eu o tornarei imortal e membro do meu clã.

Uma Bot-tradutora, alimentada por IA, repetiu em língua trólica a fala de Drakaus. Gudorr agradeceu:

- Obrigado, chefe! Tudo nosso, seu agora. - Gaguejou, com muita dificuldade, a única frase que aprendeu a falar em outra língua que não fosse a sua. E saiu.

Parte II
Poxx, o guerreiro

Dias atuais, uma hora antes de Timbha retornar da Terra.

Na sede da Facção Superiah em Dardrac, área localizada a sudeste de Boradhor, a comandante Dremian repassava as ordens do alto da sacada:

- O General Drakaus quer que ataquemos Elmirus. Fomos informados que Telindra está montando um exército. Vamos atacar primeiro. A seus postos e aguardem as novas ordens!

No imenso pátio à frente da entrada do prédio principal de Superiah, estavam ouvindo a comandante a tropa que atacará em Zrabhor: seis pelotões de 300 soldados devidamente armados, mais um batalhão de 200 r-Bots e 100 mechaorcs.

Todos seguiram em direção as naves que os levariam ao continente dos anões-gigantes.

No alto da torre, no lado norte da base, um contingente maior de dez pelotões de mil soldados, 700 r-Bots, 300 mechaorcs e 500 aeronaves de artilharia aguardavam as ordens da capitã-maga Suendra:

- Nesta primeira fase, já sabem qual é o objetivo principal. Dirijam-se a Nave-mater. Ela partirá em breve para a Terra. Por mim, pode exterminar qualquer ser vivo que aparecer na frente. Os terráqueos serão uma presa fácil, eles têm uma defesa fraca. Rápido! O portal-dimensional está ativado.

À espreita, no topo de um penhasco ao sul, a alguns metros dali, Poxx observava os movimentos na base da Superiah.

- Estão se preparando para um novo ataque! Sem dúvidas. Preciso avisar meu pai.

Levantando-se com cuidado para não ser visto pela guarda de segurança, dirigiu-se à sua montaria, um grande carcará domesticado adornado com uma armadura e uma cela em suas costas, que o aguardava pacientemente. Ao subir deu o comando:

- Vamos Axius, meu velho amigo, leve-me a Elmirus.

Alçando voo, Axius seguiu ao sul, em direção ao lar dos Anões.

Poxx é um lobo-guará laranja falante, de 1,20m de altura. Usa umas botas de couro leve, braçadeiras com pontas em metal, vestes com capuz em tecido resistente, cinto, ombreiras que não combinam com nada e uma espada em metal titânico.

Pouco se sabe sobre a história de Poxx, o guerreiro - como se autodenomina - apenas que fora encontrado assustado ainda filhote por Kir-abuk em uma de suas batalhas em Gartíria, no qual o adotou e o treinou, se tornando um ótimo guerreiro.

Chegando em Elmirus, Poxx foi diretamente ao grande salão de guerra, na base dos anões, onde estava Kir-Abuk, em pé, próximo a mesa - de ferro e madeira - de reuniões estratégicas. Encontrava-se pensativo, olhando para um mapa de Zrabhor, já gasto pelo tempo.

- Pai, Boradhor está enviando tropas para um novo ataque. Temos que agir.

- Como você sabe? - continuou focado no mapa.

- Estava lá na região quando começaram a se movimentar indo para as naves. Sinto que virão pra cá, e acho que para Elrindar também. Devemos avisar a grã-senhora Alta-sacerdotisa Telindra.

O comandante dos anões andou em passos lentos até a parede lateral de vidro e disse:

- Acalme-se meu filho!

- Calma? Não sei como você consegue, porque estou louco para arrancar umas cabeças de trols! - gritou em êxtase Poxx, enquanto fazia movimentos de golpes cortando o ar com sua espada empunhada nas duas mãos.

Kir-Abuk, permaneceu em silêncio, olhando através da vidraça o grande mar à sua frente. No horizonte, bem pequenas, as montanhas de Boradhor em um azul acinzentado, quase se fundindo ao céu limpo. E então soltou:

- Como já dizia um sábio "Triunfam aqueles que sabem quando lutar e quando esperar".

Poxx lembrou de outro detalhe.

- Vi também a Nave-mater. E você sabe o que isso significa não sabe?

- Sei. - respondeu o comandante tocando no pingente de seu colar. Nele, a última lembrança de Gartíria.

Poxx
O guerreiro

Parte III
O Conselho Élfico

Pouco antes de Timbha chegar.

A Alta-sacerdotisa Telindra está reunida com o Conselho Élfico, formado pelos sete anciões-élficos.

- O comandante Kir-Abuk, dos Anões-gigantes, nos avisou agora a pouco que está só aguardando as ordens para atacarmos Boradhor, antes que o General ataque novamente. Dessa vez o pegaremos de surpresa. Por isso acionei essa reunião de emergência. Preciso saber se o Conselho está de acordo.

- Que tolice! - Gritou Elriam, o mago-ancião. - Não acredito que o General vá enviar tropas e acabar com o cessar-fogo. É mentira daquele anão.

- Podemos mesmo confiar em Kir-Abuk? - indagou a anciã El-arik. - Os anões são uma excelente raça aliada, mas força bruta não ganha guerra, além de sempre decidirem agir à maneira deles. E eu temo que isso possa colocar tudo a perder.

- Mas sem a ajuda deles teríamos chances contra o General? - Retrucou Kilarel - Não se esqueçam que ele está sacrificando o próprio povo nessas batalhas.

Telindra aproveitando uma pausa entre a discussão, disse:

- Eu confio completamente nos anões. Kir-Abuk e seu povo tem todas as razões para querer se vingar do General. Por esse motivo acredito que ele não agirá sem seguir o protocolo. Desculpem-me a pressão, mas não temos tempo. Me digam: este Conselho está de acordo?

- Eu lavo minhas mãos! Não compactuarei com essa sandice! - bradou Elriam. - Voto não!

- Meu voto é sim! - apoiou Kilarel.

El-amir, que ainda não tinha se pronunciado, concordou:

- Sim!

- Não confio no anão, mas confio na Alta-sacerdotisa Telindra. Também voto sim. - Votou El-arik.

Os votos restantes também apoiaram a Alta-sacerdotisa.

Dos sete apenas o ancião Elriam votou contra.

Com o resultado a seu favor, Telindra saiu da sala e já ordenou que o Owl-Na levasse mensagens até Mookar e Elmirus. Assim que a coruja-mensageiro saiu da torre, Timbha chegava.

- Grã-senhora Alta-sacerdotisa Telindra. Acabo de chegar da Terra. A Nave-mater da Facção chegou à órbita do planeta azul.

- E a Pedra?

- Instável. E devido a isso está causando um desequilíbrio natural no planeta. O coronel Guayi e eu fomos até o núcleo e conseguimos estabilizar. Mas não sei por quanto tempo. Sinto como se ela pressentisse que algo grande está prestes a acontecer. Ainda mais agora que, infelizmente, tivemos uma perda. O nosso terráqueo, guardião da Pedra Gênesis, Coronel Cauan Guayi, morreu. Temo agora pela segurança da pedra e das filhas dele.

- Que triste! Lamento pela Sara e pela Sandra! Então que ele não fez o ritual de iniciação da Sara.

- Não. Mas ele sabia que em algum momento, pelas adversidades da vida, poderia estar... – Timbha fez pausa. - Então deixou um registro em vídeo para elas.

- Com certeza o General Drakaus descobriu sobre a Pedra e seu poder. A Terra é rica em recursos naturais, porém não são estes recursos que chamariam a sua atenção assim.

- Só quem tinha conhecimento desta minha missão na Terra eram nós dois, minha mãe e...

Timbha parou. Após uma pequena pausa, Telindra falou:

- Sim. Ele. Desculpe-me meu amigo! Mas tenho plena certeza de que não foi sua mãe.

Parte IV
O trato

Um pequeno portal se abriu na beira de um rio, a uns 50m da Torre-Central da base dos elfos, e dele surgiu Gathul. A tempo de ver Timbha pulando da torre-central e no ar transformando-se na águia.
- Aonde ele vai agora? E... - Gathul cortou os pensamentos ao notar onde estava. Olhando para o cajado disse:
- Era pra ter me levado até aquela torre ali. E não aqui. Vou te devolver... só pode estar com defeito essa joça.
O rio Anthris, é área dos povos anfíbios Sah-pöa. Gathul está em dívidas com eles.
-Ora, ora, se não é o nosso ladino preferido.
Gathul reconheceu a voz e já saiu correndo.
- Vamos, agora preciso ir para outro lugar. Leve-me até Boradhor.
Sem parar, pegou seu cajado, outro cristal na bolsa e fez alguns movimentos com as mãos conjurando outra vez uma magia de transporte e desapareceu.

Em Boradhor, o portal de Gathul apareceu aos pés de um dos guardas na entrada da base da facção. E então ele surge.
- Opa, perdão. É que preciso falar com o General. Ele disse que ia me pagar e até agora nada! Poderia ne deixar...
- Saia daqui, agora! Temos ordens para não deixar você entrar na base. Se insistir a ordem é execução.
- Ei, fiz um trato com ele, agora ele tem que pagar, ora bolas!
- Vai insistir? - o guarda olhou furiosamente e o encarou, encostando a arma em sua cabeça.
- Tá, tá, ok. Fui. Até logo. Adeus! "Hasta la vista baby" - e saiu reclamando. Fez mais uma vez todo o ritual da magia de transporte.
- Estou quase sem cristais. - comentou antes de desaparecer.

Em Zaathal, no topo da Torre-Central, chegavam em suas montarias a feiticeira Alunyah e a maga Solunnia. Em seguida chegaram também a meio-bot Raycah, o guerreiro lobo-guará Poxx, o coruja-mensageiro Owl-Na, o gato-druida Timbha que já retornou, e por último Gathul, agora acertando chegar no local certo.

Alta-sacerdotisa Telindra já aguardava todos:

- Convoquei todos vocês aqui porque estamos prestes a entrar em uma nova batalha. Por anos preparei vocês para um momento como este. E tenho plena convicção de que estão prontos! Timbha retornou de sua missão na Terra e nos trouxe más notícias. O General vai atacar aquele planeta. E suspeitamos que ele soube de alguma forma da Pedra Gênesis. E a nossa missão é ir até a Terra e impedir que o tirano General Drakaus se apodere dela. E evitar que ele destrua mais um planeta inocente.

- Desculpe-me a intromissão Alta-sacerdotisa Telindra. Gostaria da palavra.

- Fale guerreiro Poxx.

- Recebi seu chamado Grã-senhora! E estou à disposição pro que der e vier. Mas também venho informar que o General está a caminho neste exato momento de Elmirus. E precisaremos de toda a ajuda possível.

- Mudança de planos! Se Kir-Abuk está precisando de nossa ajuda, então o ajudaremos com todas as nossas forças!

- E a Terra, Grã-senhora? - perguntou Timbha.

- Ataque aos dois lugares ao mesmo tempo! Isso nos deixa em uma situação difícil. Primeiro Zrabhor, depois a Terra. Ativem a Grande Luz e mandem o sinal a Kir-Abuk. Essa guerra também é nossa! Sigamos a Elmirus agora!

Capítulo 5 - A INCURSÃO

Parte I
Foram doze

No caminho, o silêncio imperava. Sara vendo Sandra distraída, olhando pra fora do carro pro lado oposto ao dela, entendeu que não queria conversar.

A poucos metros de chegarem em casa, ainda na avenida Min. César Carls, Sara focava na estrada, quando avistou de repente no céu, acima da linha do horizonte, um enorme portal se abrindo, feito um buraco negro e, de dentro dele, uma colossal nave surgiu encobrindo o céu.

Imediatamente freou o carro abruptamente. Sandra quase bate a cabeça no painel, se não fosse o cinto de segurança.

- O que foi? O que aconteceu?

Sara não respondeu nada. Apenas saiu do carro e ficou em pé, olhando o objeto no céu, lembrando que sua visão mais cedo foi exatamente igual.

Sandra ficou uns segundos tentando entender o que fez Sara parar o carro. Olhou pra trás, para os dois lados e depois pra frente. Foi quando viu a nave assustadoramente grande, logo também saiu do carro.

- Sara, isso é... é uma nave?

- Antes de chegar no hospital, estava no trânsito e tive uma visão. Era exatamente assim que vi. Por isso bati no carro da frente. Exatamente assim. - repetiu, mas sem falar a outra parte da visão.

- E agora? O que faremos?

- Não tenho a mínima ideia. Mas sei que também não vamos ficar aqui plantadas. Entre, vamos pra casa.

Pelo pouco de experiência e conhecimento da Sara em astronomia, ela calcula que não estão tão próximos. Talvez até fora de nossa órbita. Alguns minutos depois chegaram. Já em casa, Sandra quebrou o silêncio:

- Não sei. Mas acho que não são hostis. Devem tá querendo contato com os humanos. E são de qual galáxia? Será que são monstros horríveis querendo...

Sandra parou ao ver que Sara esboçou apenas um sorriso de canto de boca.

- Está preocupada né?

- Me bateu uma saudade do papai agora.

- Também sinto. Numa hora dessas ele diria "Não se preocupe, pra todo enigma da vida tem sempre uma resposta!" - falou tentando imitar a voz de Cauan.

- Verdade. É a cara dele isso. - Confirmou Sara, sorridente, mas ainda com os olhos lacrimejados.

Sandra, indo em direção a cozinha convidou:

- Vem, vamos comer. Vou preparar aqui alguma coisa pra gente.

- Estou indo. Cadê o Timbha?

- Eu já ia fazer esta mesma pergunta. - Respondeu Sandra enquanto preparava um café, e colocava leite para esquentar.

Sara passou pela cozinha e seguiu até a área de serviço que dava para o quintal, chamando pelo Timbha. Acendeu um cigarro.

Mais ao fundo, numa distância de uns trinta metros do terreno da casa, via-se o local onde descansavam os destroços da ISS.

Por um instante esqueceu que procurava pelo felino e embrenhou-se em pensamentos:

- Quanta coisa louca aconteceu nos últimos dias. Só falta agora acontecer o apocalipse... zumbi.

Sara riu sozinha. Olhou para trás, de onde estava viu Sandra na cozinha, atenta no preparo do lanche. Ao mesmo tempo em que via no céu a gigantesca nave. Estranhamente silenciosa, tornando a noite sombria.

- Espero que a outra parte da minha visão não seja real como a primeira foi.

- Sara, vem! Tá na mesa. Encontrou o Timbha?
- Não! - respondeu. Em seguida jogou a bituca do cigarro, entrou e foi sentando-se à mesa.
- Timbha... Buchulôco... Lindôzim...

Sandra não obteve resposta.

- Deve ter saído outra vez com o...

Sara interrompeu sua fala ao lembrar que seu pai Cauan não estava mais ali. Uma forte dor no peito lhe tirou a voz. Sandra também ficou em silêncio.

- Tanta coisa aconteceu hoje, que tinha esquecido da partida dele.
- Sinto muita falta. - Disse Sandra olhando ao redor. - Não sei como será minha vida daqui pra frente sem ele aqui.
- Venha morar comigo minha irmã.
- Não sei. Vou pensar, prometo. Mas é que gosto muito daqui. Realmente não sei.
- Sem problemas. No seu tempo.

Sandra olhou a hora no celular e sugeriu:

- Tem internet. Vamos ver o que se fala sobre essa nave.

Acessou sua página na Bluesky, rede social do ex-dono do antigo Twitter, e era o assunto do momento. Mundialmente.

- Como era de se esperar. Os tópicos mais debatidos são... nave... fim do mundo... apocalipse... Deus... ISS... contatos... foram 12...

Sara interrompeu:
- Foram 12? É sobre o quê?
- Deixa eu ver aqui... hm... um monte de comentários aleatórios sobre astrologia, religião... memes... ah, tem um vídeo aqui, de um noticiário.

Sandra apertou o play. Após o fim de duas propagandas, a matéria:

"Juntaram-se às duas mortes no Ceará, onde dois homens caem sem vida, prostrados, de joelhos e com as mãos em oração, a outros 10 casos espalhados pelo mundo. A causa foram as mesmas: morte súbita. Mas a mesma estranha forma que caíram gerou variadas especulações pelas redes..."

Sandra saiu do vídeo:
- Que loucura é esta meu Deus!?
- Se ele lhe responder, me diga. - Ironizou Sara.

Sandra ficou em silêncio. As duas já tinham terminado a refeição. Levantou-se e começou a pegar as louças da mesa e levar para a pia.
- É melhor irmos dormir. Já está tarde. O dia foi longo e estou muito cansada. - Sugeriu Sara.
- Verdade. Também estou. Pode ir na frente, já que eu vou. - E começou a lavar.

Já eram 11h33 quando terminou de limpar a pia, escovar-se e se deitar na rede. Sara já dormia na cama. Viu a cama de Timbha vazia. - Onde tá você, hein? - Pensou, e adormeceu em seguida.

Vencidas pelo cansaço, as duas dormiram tranquilas. E nem imaginam o que lhes aguardam no dia seguinte.

Parte II
O brinco

O despertador do celular de Sara tocou seis horas da manhã, acordando-a. Sandra estava na cama com ela. Dormindo.

Ainda sonolenta, com um olho fechado e o outro meio aberto tateou na mesinha de cabeceira à procura do aparelho para desligar o alarme, não queria acordar a irmã. Quando enfim encontrou, desativou. Voltou a dormir. Ou pelo menos tentou.

Entretanto, não estava conseguindo. Uma curiosidade insana apoderou-se de seus pensamentos, pois quando pegou o celular viu que ainda não tinha lido as mensagens de Rodrigo. Foi então que pegou o aparelho novamente e abriu o aplicativo na conversa dele. Cinco mensagens. Quatro delas eram sobre a relação dos dois e sua perda do pai. A última, datada de hoje cedo era uma imagem com a seguinte legenda: "Seu pai me enviou esta imagem há dois dias. No início não dei crédito a ela, pois achei que ele enviou por engano. Não entendi nada. Mas imagino que você saiba do que se trata."

Na imagem um brinco de penas, da cultura Tremembé. Isso lhe remeteu à sua adolescência, a última vez que ela viu um desses.

- O que ele quis dizer com essa foto? - pensou Sara.

A claridade do dia entrando pelo buraco no telhado feito pela fuselagem da ISS começa a incomodar. Seus olhos ardendo em sono e implorando para que ela voltasse a dormir não foi o suficiente para segurá-la na cama. Então se levantou devagar e foi ao banheiro, lavou o rosto, escovou os dentes e depois foi preparar um café. Minutos depois estava servindo-se em uma xícara. Um cigarro na boca, já quase finalizado.

De súbito veio a lembrança da noite de ontem, foi até o alpendre, e saiu pela frente de casa:

- Bom dia vizinhos! Estão servidos?

E levantou a xícara em direção à Nave-mater oferecendo a bebida. Agora, com a claridade do dia, ela parece assustadoramente maior.

Jogou a bituca no chão, pisou apagando-a, bebeu um gole do café e entrou. O alpendre ainda um pouco sujo, mas já sem os cacos do telhado espalhados pelo chão e nem os destroços da estação. Ela limpou na tarde de ontem, após o enterro.

Ao voltar pra cozinha, Sandra já estava acordada, sentada à mesa olhando o celular enquanto tomava um pouco de café.

- Bom dia!
- Bom dia, Sara!
- Você ouviu o alarme? Esqueci de desligar.
- Dormi feito uma pedra! Acordei agora. Não lembro nem em qual momento fui pra cama.
- Fui ver hoje as cinco mensagens do Rodrigo...
- Não vai mais dar outra chance a ele? - interrompeu Sandra, enquanto trazia para a mesa torradas, iogurte, queijo coalho, leite e manteiga.
- O problema na verdade é comigo. Mas, enfim... O que eu ia dizer é que a última mensagem dele era uma imagem que o papai enviou pra ele. - disse ela, enquanto passava manteiga na torrada.

Parou, pegou o celular, foi na galeria de fotos e mostrou.

- Um brinco de penas? Eu conheço essa foto, esse brinco era meu. Mas..., mas o que isso significa?
- Já tentei me lembrar de alguma situação que envolva esse brinco, e nada. Também tive um, mas na minha adolescência.

Sandra ainda olhando a imagem estava mergulhada em suas memórias. Quando veio um estalo em suas lembranças.

- Sara, esta foto eu tirei pouco antes de devolver novamente o brinco ao local que estava guardado: um velho baú naquele quartinho no final do quintal. Nossa, isso faz muito tempo viu? Tem mais de ano, eu acho. Peguei pra fazer algum vídeo sobre o artesanato Tremembé, se não me engano.

- E o que tem no baú, além do brinco?
- Só velharia. Falando em coisas antigas, você assistiu a fita?
- Não consegui um videocassete para reproduzir. Quem tem? Hoje em dia, isso é peça de museu.

Ao terminarem o café da manhã, as duas seguiram até o quartinho ao fundo.
- A porta não estava trancada. - Estranhou Sandra.

O cheiro forte de mofo invadiu as narinas das duas. Tomado pela poeira, o quarto tinha um ar denso, úmido. Os móveis se resumiam a um sofá com estofado rasgado, uma pequena mesa com gaveta, um armário de duas portas, além de caixas de ferramentas, um baú pequeno e outro médio, dois pneus carecas, uma bicicleta sem guidão entre outras bugigangas menores.
- Pronto. Neste baú pequeno sobre a mesa onde guardei o brinco.

Sara abriu e dentro tinha apenas o brinco, uma chave presa a um papel com uma mensagem escrita à mão:

"No armário. Para a fita."

Sara pegou a chave e colocou na fechadura do armário. Olhou para a Sandra, estava receosa.

Girou devagar e "click". A porta destravou. Dentro do armário, em uma das prateleiras, uns panos cobrindo um objeto. Era um antigo aparelho de videocassete e cabos. Ao contrário do resto do quarto, ele parecia limpo. Tinha uma etiqueta com um número de identificação, de uma assistência técnica. Foi feita uma limpeza recentemente por um técnico especializado.

Parte III
Os ataques

O som de uma aeronave chegando crescia exponencialmente. Sara fecha o armário e guarda a chave no bolso. As duas saem do quarto dos fundos, passam pelo quintal, em direção a cozinha e seguem até a frente da casa.

Era um C-130 Hércules, helicóptero da FAB, e pousa no terreno à frente. Um oficial da Força Aérea Brasileira, saiu e foi ao encontro das duas.
- Oi, sou o Tenente-Coronel Gonçalves, amigo de seu pai, o Coronel Guayi, e estou aqui em uma operação de resgate. Queiram me acompanhar até o helicóptero, por favor.
Sara e Sandra entreolharam-se.
- Resgate? - indagou Sara.
- A missão é ultrassecreta!
- Tem a ver com aquela coisa no céu? - perguntou Sandra, apontando para a Nave-mater! Instintivamente todos olharam pra onde ela mostrou.
Neste momento uma grande quantidade de naves menores sai indo em várias direções. Sara lembrou da sua visão.
- Venham! Rápido, não temos mais tempo! A ordem é proteger vocês!
Sandra, subiu primeiro.
- Só um minuto! - gritou Sara ao sair correndo em direção ao seu carro na garagem!!

Sandra, via sua irmã se afastar da aeronave e sentiu um aperto no peito! Desesperada e com um choro engasgado, ficou inerte, sem saber o que fazer. Mas tinha esperança de Sara retornar a tempo.

As naves se aproximavam da área atirando feixes de luz e destruindo tudo à sua frente.

Três caças supersônico F-39 Gripen da FAB sobrevoavam fazendo a segurança do helicóptero. O tenente-coronel Gonçalves, entrou e deu a ordem:

- Ou saímos agora, ou morreremos! Vamos, só precisamos de uma! Não dá mais para esperar.

Sara, nervosa, não encontrava no carro o que procurava. Tiros, explosões e os sons das naves e dos aviões de caça voando estavam mais próximos. Não conseguia se concentrar e lembrar onde deixou a fita, que foi o seu motivo de ter voltado.

Pela janela viu o helicóptero alçar voo, ao mesmo tempo em que um dos aviões é abatido e explode no ar. Sandra, sem pensar, entra dentro de casa. Pelo buraco no teto no quarto da Sandra, vê uma das naves em chamas atingida por um dos aviões de caça, caindo em direção ao quintal. Sem saber o que fazer, deitou-se ao chão, rolou para baixo da cama, fechou os olhos e tampou os ouvidos antes da explosão que se seguiu e apagou.

O mundo no qual conhecíamos não existe mais. Neste cenário pós-apocalíptico, nosso planeta foi dominado pela facção Superiah.

O primeiro ataque foi cibernético derrubando todo o sistema de comunicação dos humanos.

Em seguida fizeram ataques com as nossas próprias armas de destruição em massa e detonaram ao mesmo tempo todas as reservas nucleares mundiais. No ato três da ação estratégica as frotas de naves saíram à procura do que restou. A Terra agora tem um só governo: o tirano General Drakaus.

Perdemos a batalha em poucas horas. Todo o poderio de fogo que tínhamos não foi suficiente. Restaram poucos humanos, apenas 5% da população mundial.

E ele continuará sua devastação até conseguir o seu objetivo principal: Tomar o poder da Pedra Gênesis.

EPÍLOGO

Parte I
Pedra Gênesis

Já era final do dia quando Sara acordou. O tom amarelado do entardecer no quarto e o silêncio que imperava o lugar dava um clima desagradavelmente nostálgico. Lembrou de Sandra. E espera verdadeiramente que ela esteja bem.

Receosa em sair do quarto, não sabia o que poderia ter do outro lado da porta. Então abriu cuidadosamente.

Ao sair viu o caos que estava tudo. A nave caída cobria parte da casa. Seu corpo cobria a cozinha e se estendia até o quintal. Sua altura é pouco maior que um carro de pequeno porte. Por isso Sara conseguia ver que o quartinho dos fundos também tinha sido atingido.

Passando cautelosamente pelos escombros, teve que subir na nave para atravessar e chegar no quintal.

Olhando de cima a espaçonave tem uma estrutura metálica, sua forma aerodinâmica é bastante peculiar, não conseguiria descrever mais que isso.

Chegando próximo do que restou do quarto, procurou pelo armário e viu que parte da parede de tijolos estava sobre ele. As portas arrebentadas estavam entreabertas.

- Não precisarei mais disso. - falou enquanto tirava a chave do bolso da calça e jogando-a no chão.

O videocassete estava aparentemente intacto. Pegou o aparelho e voltou para a casa.

Sara se sentou no sofá e olhando ao redor e em silêncio chorou.

Já é quase noite. A sala escura a fez lembrar de ligar a luz.

- Pelo menos ainda tem energia. - disse ao ver que acendeu.

Em seguida foi ao quarto da Sandra à procura de sua bolsa. Lembrou de ter deixado lá. A bolsa estava sobre a mesinha de cabeceira e ao lado seu celular.

Pegou o smartphone primeiro pra ver se tinha internet. Nada. E a bateria tinha apenas 17% de carga. Foi na bolsa pegar o carregador e lá estava a fita.

- Uma fita mini VHS. Claro! Como colocar no videocassete? Vou precisar de um adaptador.

Papai não iria esquecer desse detalhe. Com certeza lá no quartinho ele deve ter deixado um no armário também.

Saindo do quarto, Sara olhou para a parte da casa destruída pela nave. Um breu, iluminada apenas pela luz da lua.

- De repente, medo! - observou. - Vamos lá, coragem Sara! Você consegue.

Então ligou a lanterna do celular e fez o trajeto até o quarto dos fundos. Em cima do teto da nave mais uma vez olhou para a nave-mater ainda estacionada no céu.

- O que você quer, sua desgraçada? Que não nos deixa em paz? - gritou a plenos pulmões, no mesmo instante em que pulava batendo os pés com força sobre a nave abatida.

Mais aliviada, depois do surto, acalmou-se e voltou o foco no adaptador.

Com a ajuda da lanterna do celular, agora com 14% de bateria, chegou ao armário. Depois de um certo tempo de procura, enfim encontrou.

Junto ao adaptador também tinham um cabo conversor de HDMI para RCA.

- Como eu imaginava. Ele sempre pensando em tudo. - Enquanto falava sentiu falta de Cauan.

Voltando à casa, colocou o celular para carregar.

Após conectar o cabo à tv, Sara colocou a fita no adaptador e em seguida no aparelho. Apertou o play manualmente e sentou-se no sofá. Na imagem, o Cauan Guayi, mas estava diferente. Mais novo. O que chamou a atenção de Sara a olhar a data no canto superior direito: 15 de dezembro de 2011.

"Posso começar?... Bem, vamos lá... Olá, minhas filhas! Se chegaram até aqui, é possível que eu já não esteja mais com vocês.

Estou gravando este vídeo agora, pois tenho receio de, como todo ser mortal que somos, morrer antes do tempo certo por alguma fatalidade da vida. Mas... enfim... me desculpem por ter guardado este segredo de vocês até agora.

Meninas, eu sou um guardião. Nosso povo é responsável há centenas de milhares de anos por guardar o que há de mais sagrado na Terra: a Pedra Gênesis.

Ela é responsável por dar o equilíbrio gravitacional ao nosso planeta. É a origem da vida. É quem rege a natureza. Esta pedra tem o poder de trazer à vida os mortos. Ela jamais deverá ser tirada do seu lugar de origem, o núcleo da Mãe-Terra. Se isso acontecer será o fim do nosso mundo. Da raça humana. O apocalipse.

O Timbha, também é um guardião. Um guardião druida do planeta Zrabhor. Ele veio com a missão de me ajudar a protegê-la. Os gatos-druida são os únicos que podem tocar na pedra. E eu, sou o único que sei como chegar até a pedra.

De tempos em tempos precisamos reconectar a pedra ao núcleo da Terra. Devido as ações dos humanos na interferência direta com a natureza, os fenômenos naturais que acontecem cada vez mais frequentes como terremotos, tsunamis, chuvas fortes, etc., alteram seu equilíbrio. Se continuarmos como estamos indo antes de 2030 pode acontecer uma desconexão completa, o que poderia ter resultados catastróficos com a gravidade na Terra. E, consequentemente, sua destruição.

Agora, Sara e Sandra, a missão de guardar e proteger está em suas mãos.

Aguarde, quando chegar a hora a Xainã, xamã Tremembé vai lhe procurar. Ela pode lhe transportar até o núcleo. Ou... em último caso e da forma mais difícil: descer e passar por sete portões, trancados com códigos. Dica: o primeiro portão fica dentro de uma gruta, aqui mesmo no Ceará. Eu sei que só vocês duas serão capazes de encontrar. Amo vocês."

A gravação acabou. Sara continuou sentada, perplexa, ainda digerindo tanta informação em poucos minutos de vídeo.

Parte II
O Clã dos Nove

Sara ouve um ruído estranho vindo do quintal. Um som que não conseguia identificar. De repente um clarão ilumina o ambiente e abre-se um portal. Rapidamente escondeu-se por trás da nave. Atravessaram seis seres, mas apenas o sétimo e último a passar era conhecido de Sara.
- Timbha! - pronunciou aliviada.

Continua...

LIVRO 1 - A PEDRA GÊNESIS

Tripedes

Os trípedes são animais de três patas do mundo Zrabhor, encontrados nos continentes de Elrindar e Elmiros. Existem em três cores: Os brancos, mais comuns, de fácil domesticação e ótimas montarias. Os pretos são mais ariscos, e os púrpuras são raríssimos. Devido a isso, são os mais valiosos.

Os r-BOTS são autômatas, mesmo com seus quase três metros de altura, são bem ágeis. Alimentados por magia e inteligência artificial são altamente destrutivos. Produzidos em larga escala, são os supersoldados comandados pela facção Superiah. Missão: exterminar os humanos que ainda restam na terra.

Owl-Na

Owl-Na é uma coruja mensageira, em um mundo caótico, ou, o que restou dele. Sempre atenta, deve mais uma vez executar o que mais sabe fazer: transportar em segurança uma mensagem de esperança. Assim é o que esperam os destinatários. Mas ela já sabe que não são boas novas.

SOBRE O AUTOR

Walber Santos, nascido em 1976 na cidade de Itapipoca, no Ceará, Brasil, mora atualmente em Amontada, no mesmo Estado.

Trabalhou em uma agência de publicidade em Fortaleza, durante 13 anos como Diretor de Arte e Criação. Com a perda do pai, voltou a morar em Amontada, trabalhando como Designer Gráfico e ilustrador desde então.

Produziu de forma independente, e como autodidata, três curtas-metragem: roBOCÓ, roBOCÓ Niu Genéreixion e Curta num Curta – uma partida de xadrez. Todas participantes na Mostra Ceará, do Cine Ceará de 2006, 2007 e 2008 respectivamente.

Como ilustrador, seu maior trabalho foi a ilustração para um dos cartazes promocionais do filme 'Sonic the Hedgehog', da Paramuont Pictures.

Lançou outros dois e-books: "Contos Curtos, ilustrações e tirinhas" e "Goók & Bou" (tirinhas).

Raycah
Meio-bot

Milton Keynes UK
Ingram Content Group UK Ltd.
UKHW050708150224
437853UK00009B/99